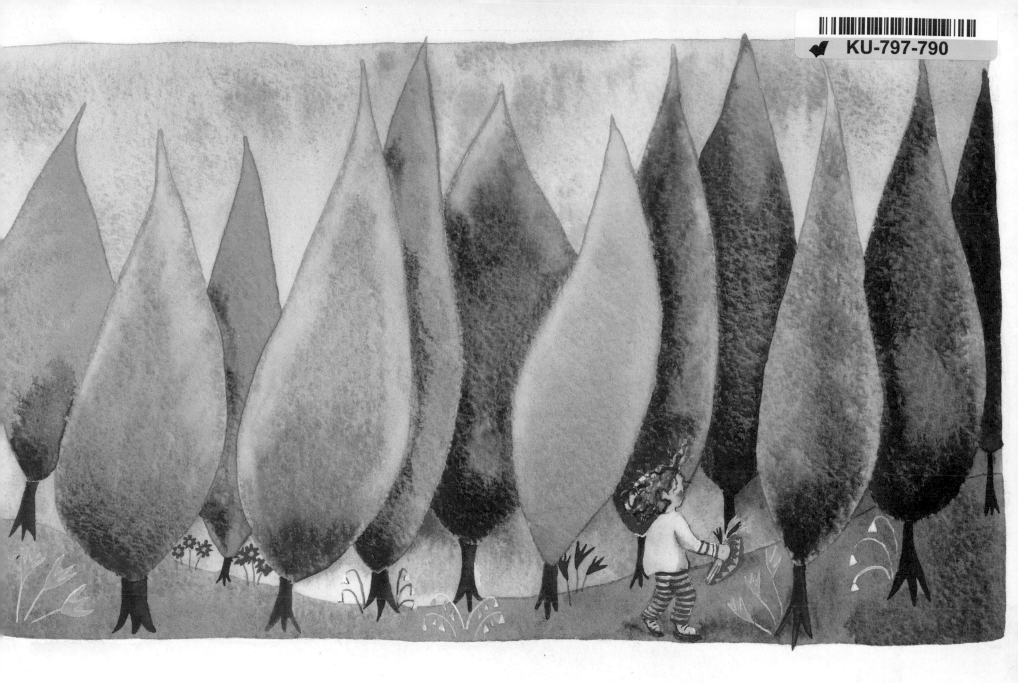

Goldilocks was having fun, collecting flowers for her mum.
She was heading **deeper** and **deeper** into the woods.

Stop Goldilocks, go back home,
Woods aren't safe when you're all alone.

Trovò una casetta con un bellissimo giardino.
"Voglio raccogliere quei fiori," disse Riccioli D'Oro.
"Vado a vedere se c'è qualcuno in casa!"

She found a cottage with a beautiful garden.
"I want to pick those flowers," said Goldilocks. "I'll see if anyone's home."

Riccioli D'Oro e i tre orsi

Goldilocks and the Three Bears

retold by Kate Clynes
illustrated by Louise Daykin

Italian translation by Paola Antonioni

Riccioli D'Oro si divertiva a raccogliere fiori per la sua mamma.
Andava sempre piu lontano, nella profonditá del bosco.

Fermati Riccioli D'Oro, torna a casa,
il bosco è pericoloso quando sei sola.

Fermati Riccioli D'Oro, bussa un'altra volta,
potrebbe esserci qualcosa di feroce dietro a quella porta!!

Stop Goldilocks, knock once more,
There may be something grizzly behind the door.

"Salve!" chiamò. "C'è
nessuno in casa?"
Ma non ci fu risposta.

"Hello!" she called,
"is anybody home?"
But there was no reply.

Sul tavolo c'erano tre scodelle. Una scodella grande, una scodella media e una scodella piccola. "Mmmm, pappa d'avena," disse Riccioli D'Oro, "sono affamata."

On the table were three steaming bowls. One big bowl, one medium sized bowl and one small bowl. "Mmmm, porridge," said Goldilocks, "I'm starving."

Fermati Riccioli D'Oro, non andar di fretta!
Le cose ti potrebbero andar male!

Stop Goldilocks don't be hasty,
Things could turn out very nasty.

Riccioli D'Oro prese un cucchiaio di pappa d'avena dalla
scodella piú grande. "Ahi!" gridó. Era troppo caldo.

Goldilocks took a spoonful from the big bowl.
"Ouch!" she cried. It was far too hot.

Poi provò la scodella media.
"Yuk!" Era troppo freddo.

Then she tried the middle bowl.
"Yuk!" It was far too cold.

La pappa d'avena nella scodella piccola
peró andava proprio bene e Riccioli D'Oro
se la mangió tutta!

The small bowl, however, was just
right and Goldilocks ate the lot!

Con la pancia bella piena, andò nella stanza vicina.

With a nice full tummy, she wandered into the next room.

Aspetta Riccioli D'Oro, non puoi andare in giro,
E curiosare in casa di sconosciuti!

Hang on Goldilocks, you can't just roam,
And snoop around someone else's home.

Davanti a un fuoco caldissimo, rovente c'erano tre sedie.
Una sedia grande, una sedia media e una sedia piccola.

In front of the warm, glowing fire were three chairs.
One big chair, one medium sized chair and one small chair.

Prima Riccioli D'Oro si arrampicò sulla sedia grande, ma era troppo dura.

Poi si arrampicò sulla sedia media, ma era troppo morbida.

La piccola sedia però andava proprio bene.

Riccioli D'Oro ci si appoggiò quando…

First Goldilocks climbed onto the big chair, but it was just
too hard.
Then she climbed onto the medium sized chair,
but it was just too soft.
The little chair, however, felt just right.
Goldilocks was leaning back, when...

SNAP! Le gambe si spezzarono e Riccioli D'Oro cadde a terra.
"Ahi," gridò. "Che sedia stupida!"

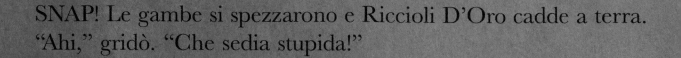

Oh no, Riccioli D'Oro, cosa hai fatto?
Presto, alzati, alzati e scappa.

SNAP! The legs broke
and she fell onto the floor.
"Ouch," she cried.
"Stupid chair!"

Oh no Goldilocks, what have you done?
Get up quick, get up and run.

Riccioli D'Oro si sentì
stanca e così andò di sopra.
Nella camera da letto
c'erano tre letti.
Un letto grande, un letto medio
e un letto piccolo.

Goldilocks felt tired so she made her way upstairs.
In the bedroom were three beds.
One big bed, one medium sized bed and one small bed.

Si arrampicò sul letto grande ma era troppo ruvido. Poi provò il letto medio, questo era troppo elastico. Il letto piccolo però andava proprio bene e presto si addormentò.

She climbed up onto the big bed but it was too lumpy. Then she tried the medium sized bed, which was too springy. The small bed however, felt just right and soon she was fast asleep.

Svegliati Riccioli D'Oro, apri gli occhi,
Potresti avere una GRANDE sorpresa!

Wake up Goldilocks, open your eyes,
You could be in for a BIG surprise!

In quel momento i tre orsi
arrivarono a casa.
Dopo aver inciampato sul
cestino, Papà Orso osservò il tavolo.

Just then the three bears came home.
After tripping over a basket,
Father Bear noticed the table.

"Qualcuno ha mangiato la mia pappa d'avena!"
disse Papà Orso con una voce forte e rauca.
"Qualcuno ha mangiato la mia pappa d'avena!"
echeggiò Mamma Orso con una voce media.

"Someone's been eating my porridge," he said
in a loud gruff voice.
"Someone's been eating my porridge," echoed
Mother Bear in a medium voice.

"Qualcuno ha mangiato la mia pappa d'avena," gridò Orsetto, con una voce piccola, "e l'ha finita tutta!"

"Someone's been eating my porridge," cried Baby Bear in a small voice, "and they've eaten it all up!"

Tre orsi morti di fame, e un pó circospetti...
Ma non può essere allarmante un mostro
raccogli-fiori!

Three very hungry bears, feeling slightly wary,
But a flower-collecting monster
doesn't sound too scary.

Tenendosi per mano, s'introdussero nel soggiorno.
"Qualcuno si è seduto sulla mia sedia," disse Papà Orso con una voce forte e rauca.
"Qualcuno si è seduto sulla mia sedia," echeggiò Mamma Orso con una voce media.

Holding hands, they crept into the living room.
"Someone's been sitting in my chair,"
said Father Bear in a loud gruff voice.
"Someone's been sitting in my chair,"
echoed Mother Bear in a medium voice.

"Qualcuno si è seduto sulla mia sedia," gridò Orsetto
con una voce piccola, "e l'ha rotta, guarda!"
E scoppiò in lacrime.

"Someone's been sitting in my chair," cried Baby Bear
in a small voice, "and look, they've broken it!"
He burst into tears.

Adesso erano molto
preoccupati.
Silenziosamente salirono
la scala ed entrarono in
camera in punta di piedi.

Now they were very worried.
Quietly they tiptoed up the
stairs into the bedroom.

*Tre orsi ansiosi e insicuri di cosa
avrebbe potuto esserci…
Qualche mostro rompi-sedie, tra
i piu cattivi!*

*Three grizzly bears, unsure
of what they'll find,
Some chair-breaking monster
of the meanest kind.*

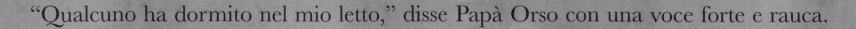

"Qualcuno ha dormito nel mio letto," disse Papà Orso con una voce forte e rauca.

"Someone's been sleeping in my bed," said Father Bear in a loud gruff voice.

"Qualcuno ha dormito nel mio letto," echeggiò Mamma Orso con una voce media.

"Someone's been sleeping in my bed," echoed Mother Bear in a medium voice.

"Qualcuno ha dormito nel mio letto," si lamentò Orsetto con una voce per niente piccola, "e guarda!"

"Someone's been sleeping in my bed," wailed Baby Bear in a far from small voice, "and look!"

Il rumore svegliò
Riccioli D'Oro che strillò.

The noise woke
Goldilocks up and she
screamed.

Mentre gli orsi si riprendevano
dallo spavento…

While the bears were
recovering from their shock...

Goldilocks saltò giu dal letto corse giu per la scala
prese il suo cestino vuoto e scappò.

Goldilocks leapt out of bed, ran down the stairs,
grabbed her empty basket and fled.

Visto Riccioli D'Oro, ti sta bene!
Quegli orsi ti hanno fatto tanta paura!
Ma ecco un segreto da condividere
I tre poveri orsi avevano paura quanto te!

Well Goldilocks, it serves you right,
Those bears gave you a terrible fright.
But here's a secret that must be shared,
The three poor bears were just as scared!